KB269107

2013
좋은 시조

김일연 | 정용국 엮음

책만드는집

『2013 좋은 시조』를 시조문학사에 더하며

한국작가회의에 시조분과가 신설된 지 3년이 되었다. 『좋은 시조』는 시조분과와 함께 자못 비장한 각오로 출발했다. 현대시조 출발이 백 주년을 넘긴 시점에서 스스로 자신을 돌아보며 한 해의 결실을 모아 시조문학사의 한가운데에 갈무리할 수 있는 중요한 계기를 마련하게 된 것이다. 더구나 한국작가회의 회원의 작품에만 국한하지 않고 전 시조단의 작품으로까지 범위를 확장했다는 사실은 주목받을 만한 중요한 결정이었다. 이는 『좋은 시조』가 여느 단체의 연간집 차원을 극복하고 새로운 지평을 여는 진정한 출발점이기도 했다.

『좋은 시조』는 그간 두 번의 출간을 바탕으로 독자들과 시조단의 여론을 수렴하여 올해도 나름대로 선정에 최선을 다했다. 기본적으로 한국작가회의 시조분과 회원들이 열 편 이상의 작품을 추천하는 방식은 지난해와 동일했으나 시조분과 회원이 증가했으므로 추천

위원의 수가 상당히 늘어나게 되었음은 매우 긍정적인 변화라고 할 수 있다. 그리고 무려 수십 편의 작품들을 꼼꼼히 챙겨준 회원들이 많았기 때문에 전체 추천 작품은 1천 편 가까이에 이르렀다. 40여 명 회원의 세리稅吏와 같은 눈들이 경향 각지의 계간지는 물론이요, 협회의 연간지, 동인지, 지방 단체 작품집까지 총망라하여 살폈음을 밝힌다. 추천작이 많아졌지만 좋은 작품들은 누구의 눈에나 들어오는 법, 한 시인의 여러 작품이 중복 추천되어 이를 세 번의 정제 단계를 거쳐 하나로 모으고 또한 추천 작품들 중에서 옥석을 가리는 작업도 만만치 않았음을 고백한다. 그 와중에 새로 들고 난 시인들이 생겨나게 되었는데 선정 기준에서 시인의 비중만을 염두에 두기보다는 작품의 완성도에 더욱 천착穿鑿했다. 또한 신인들의 작품을 격려하고 그들의 발전을 기원하는 차원에서 조금 더 세심한 손길을 배려했다. 1호에서는 추천작이 많았던 10여 명의 시인들 작품 두 편을 게재한 바가 있었고 2호에서는 한 작품으로 통일하여 추천 시인을 상당히 확대한 바 있었는데 금번 3호에는 136편을 선정했다. 작년에 비해 10여 명 정도 수록 시인이 줄어들면서 선정의 망이 좁아지게 되었다.

현대시조의 출발점이었던 1900년대 초만 해도 시조는 격랑의 바다에 표류하고 있었다. 서구 문물과 일제의 전통문화 초토화 작업에 밀려 그 명맥조차 부지하기 어려웠고 해방 국면을 지나서도 시단은 자유시의 전성기였으므로 시조는 그저 명색을 유지하기 바빴다. 현실 감각과 시대적 부응이 부족했던 점은 시조가 시단의 주류에서 밀려나게 된 뼈아픈 일이기도 했다. 그나마 가람 선생이 어렵사리 수습한 60년대부터 30여 년간이 시조의 성장기였다면 그 후 (90년대)부터는 발전기로 보아야 한다. 그리고 2000년대 이후 실로 현대시조는 양적, 질적으로 중흥기에 접어들고 있다.

우선 발표 지면이 부족해 동인지를 내야 했던 7, 80년대와는 다르게 상상을 초월하는 많은 지면이 시조를 기다리고 있다. 시조 전문지뿐 아니라 각종 월간 및 계간 시 전문지가 시조를 수록하기 시작한 것이다. 그리고 이러한 현상은 신춘문예와 《시조문학》이 전부였던 신인 작가 등용문으로서의 역할을 이제는 겸하고 있어서 작금에 이르러서는 오히려 시조시인의 양산을 우려할 지경에 이르게 되었다. 또한 젊은 신인들의 활발한 등장으로 시조의 소재와 주제가 다양하게 확대되면서 현대시에 걸맞은 현실 감각도 상당 부분 보완되었다.

그럼에도 불구하고 아직 시조단에는 해결해야 할 과제가 많다. 특히 학생들을 대상으로 현대시조를 가르치고 전파해야 하는 구체적인 방법론은 우리가 우선 과제로 삼아야 할 중요한 일이다. 또한 출발점이 백 년이 넘은 시점에서 한국현대시조문학사를 정리하지 못하고 있는 것도 빠른 시간 내에 해결해야 할 급선무라 하겠다. 이러한 다각적인 측면에서 파악해볼 때 한국작가회의 시조분과가 발행하는 『좋은 시조』는 시조단이 해결해야 할 여러 가지 중요한 과제들의 밑거름이 되리라 믿는다. 비록 1년에 한 번 발행하는 선집에 불과할지 모르나 이 기획 정신과 결과물은 분명 한국시조문학사의

초석으로 남을 것이다.

끝으로 적극적인 추천의 노고를 아끼지 않은 **한국작가회의 시조본과 회원들**에게 감사드리며 『좋은 시조』는 해를 거듭하며 그 역할을 해나가고자 한다. 내년에도 더 좋은 작품으로 독자와 시인들을 만나게 되기를 기대한다.

—2013년 1월
편집책임 김일연 · 정용국
한국작가회의 시조분과 위원장 김영재

깃털 한 점

강은미

그때처럼 멧새들도 사랑싸움 치렀구나
뜬눈으로 밤을 새운 산정호수 눈시울에
빨간 눈 산비둘기의 깃털 한 점 떠 있다.

치열했던 뒷모습은 깃털이어도 아름답다
바람 잠깐 멈춘 사이 팽팽해진 수면 아래로
반달형 물그림자가 낙인처럼 찍혔고,

네가 꼭 필요했다, 반말 투로 다가온
뼛속까지 다 비운 오, 존재의 가벼움이여
그 먼 곳 사랑의 요람이 내 강둑에 닿던 날.

–《열린시학》, 가을호

천 개의 귀

강정숙

늙은 산수유나무 귓불 닮은 열매 천 개
무엇을 듣고 있나 귀들이 탱탱하다
소리를 담아내느라 온몸이 출렁댄다

사람은 못 듣는 숲의 소리 불러 모아
발아래 미물에게 한 말씀 내리는가
쇠락한 등을 구부려 산자락을 받는 나무

산그늘이 결 풀어 그 한때를 적신다
오래된 뼈마디마다 맑은 피 차오르고
적막도 귓속을 닦아 경청에 드는 오후

– 《나래시조》, 가을호

평양냉면을 먹는 저녁

강현덕

온종일 비가 내려 밍밍한 여름 저녁
혁명 한 번 못 했는데 오십이 지났다는
그대의 주먹을 풀며 평양냉면 먹는다

텁텁한 메밀 면발 겨자 없는 육수가
억울한 그대에겐 부슬대는 비 같아도
그 비는 꽃잎을 적셔 향기를 퍼뜨리지

달팽이 등에 얹힌 비에 젖은 하루가
불빛의 전송 받으며 바다로 가는 저녁
그대는 주먹을 풀고 평양냉면 먹는다

　－《서정과현실》, 하반기호

붉은 지평선

고정국

몰랐네, 만종晚鐘 소리에
지평선이 운다는 것을

몰랐네, 밥 먹고 살아도
벼에 귀가 있다는 것을

몰랐네, 땅 딛고 살아도
저 논밭의
평등
평화를.

−《문학사상》, 9월호

모자라듯

구중서

큰 말은 서투르게 더듬대며 하는 거고
먼 직선 어딘가 휘어진 듯 보이네
조용히 한껏 이룸을 모자라듯 해볼거나

-《시조세계》, 여름호

겨울나무
—서소문 밖에서

권갑하

지천명 허리쯤을 움켜잡은 저 물방울

열차는 북쪽으로 기적 울리며 떠나고

까맣다 못한 가지는 껍질을 또 벗겨낸다

숨겨둔 연인처럼 병은 몰래 깊어만 가고

자꾸 눈길 주는데 입 다문 꽃망울들

또 하루 나를 붙잡고 앙버티는 꿈이여

묵묵 저 눈빛 속에도 맥은 뛰고 있겠지

움켜쥔 손아귀에서 빠져나간 눈물들이

터지지 않는 목청을 안으로만 되삼킨다

—《나래시조》, 봄호

새

권도중

가면서 봉해지는 길 없는 길을 간다

허공을 넓혀가며
의문은 지우면서

창공에 빨래 말리며 기록 없이 가는 새

새는 새의 길을
새의 삶을 두고 간다

그냥 둠으로 더 넓은 자연의 숲

무덤을 남기지 않는
가진 길 돌려주는

날개에 잠겨지는 빛나는 추락으로,

가지 않은 길은 언제나 기다린 듯 열려 있다

깊은 곳
푸른 물빛에
제 시신을 묻는다

-《시조세계》, 겨울호

달팽이의 별*

권영희

둘이어도 저마다 그저 외로운 지구에
둘이어서 아름다운 달팽이 부부 세 들어
톡 톡 톡 짓고 허무는 나긋한 손의 대화

앞서거니 뒤서거니 모르는 듯 가는 세상
어둠과 적막이 사무친 남편 등에 업혀서
빛으로 소리로 지어 올리는 아내의 꽃잎 밥상

기다림을 잊은 세상 기다림을 쥐어주며
촉촉한 봄날을 화안하게 밀고 간다
험난한 지구 모퉁이 돌아가는 저 점화點話!

–《유심》, 5/6월호

* 시·청력을 잃은 조영찬, 척추 장애가 있는 김순호 부부에 대한 휴먼 다큐멘터리
  영화 제목.

석양 앞에서

권혁모

천 날을 소지 올리며
만의 연등을 달고
결도 삭아 이제는
넘치도록 겨운 날들
한 가락
타는 점점이
나를 던져 넣는다.

비 오고 바람 불고
너를 만나기까지
사랑과 미움으로
하늘 길 건너기까지
그 푸름
안으로 감추고
멀리 산불 번진다.

−《가람시학》

배꽃

김강호

양수 터진
달덩이가
배나무 밭에
들어왔다

긴긴밤
난산 끝에
터트려놓은 울음

천지간
황홀하여라
눈이 시린
꽃 사태

−《유심》, 1/2월호

앵그리 버드

김남규

온몸으로 타종하며
던질 일이 많아졌다
홀몸의 의문부호
광란과 광장으로
고통을 물고 있는 말은
말로 하지 않는다

줄어든 아귀힘은
마음의 불길이다
옆구리가 비었지만
등 뒤를 믿는다
방향은 언제나 한곳이니
어깨가 나란하다

저항과 대항이
돌진과 전진이
하나로 물결치며
실시간 번져간다

조간을 부정하는 겨울밤
살얼음을 건딘다

-《귀면와》, 21세기시조 동인 제4집

꽃상여

김동인

"옻칠도 하지 마라 가볍게 떠날런다"
"그래도 섭섭하니 꽃이라도 놓을게요"
어화너 상여는 상여 꽃채반을 이고 간다

"꽃 속에 갇혀서도 뜨겁지 않으세요?"
"낙화를 밟고서도 아픈 줄 모르잖니"
에호리 저승은 저승 꽃지짐은 먹고 가자

어화넘차 어화너 어화넘차 어화너
에호리 달회야 에호리 달회야
꽃 하나 이우는 순간 움푹해진 저 낮달

─《시조21》, 하반기호

목련愛想

김명애

동여맨 허리춤은 하나씩 풀어지고

봄바람에 맡겨버린 그 입술 간지러워

미백색 고운 살결이 상처를 예감하네.

－《시조세계》, 여름호

아무도 물어주지 않는다

김미정

굳어져 가는 동안 누구도 묻지 않는다
미세한 그 틈마저 검푸른 입술 사이
근근이 풀칠해온 끼니
부르트고 쓰리다

한 올의 바람에도 가는귀 열어놓고
익숙한 덫에 치여 고개를 내밀지만
자꾸만 떠오르는 섬
먼지 아래 가볍다

지금은 건너야 할 어둠이 깊어져서
뒤틀린 도시의 불빛 한 점 지워질 때
아픔은 혼자 두고 가냐고
물어주지 않는다

– 《유심》, 1/2월호

태피스트리*

김보람

나는 뜨거웠고
그는 차가웠다
나는 위쪽으로 그는 아래쪽으로

뒤엉킨 혼돈 속으로 행렬은 시작되었다

나와 그가 함께 살던 옛집들의 주소로
몸속의 길 터지고 맨몸으로 홀로 선다
배 밑을 간질이는 파도 한 길씩 솟고

나는 웃고 그는 운다
나는 먹고 그는 싼다
나는 여기 있고 또 거기 있을 수 있지만

또 한 번 두리번거린다, 어디인가 여·기·는

―《나래시조》, 가을호

* 실로 짠 회화를 일컫는 말로 씨실과 날실로 이루어진 색실로 한 올 한 올 직조한
  것. 감각과 기술이 어우러진 섬유 예술 작품이다.

겨울오리 떼

김복근

동안거 풀었는가, 기지개 펴는 몸짓
이목구비 오장육부 찬물에 씻어내고
겨우내 기갈 든 부리 깃털을 닦아낸다

마른 갈대 가장자리 둥지를 열고 나와
헤엄치다 걸어가다
하늘을 날아보다
지번도 경계도 없이 자유로이 넘나든다

물속에 살다 보면 물에게 길들여져
고현천 내린 물을 무리 지어 맴돌면서
육 해 공 휘젓고 다닌
우리는
별난 권속

— 《시조시학》, 여름호

촉觸

김삼환

'뚝' 하면 담장 호박

떨어지는 소리려니

'척' 하면 눈치 백 단

눈 흘기는 모습이라

이 풍진 세상살이에

촉觸 하나는 가져야지!

—《시와문화》, 여름호

꽃가지 머리카락

김선희

백 미터 달리기를
막 끝낸 얼굴빛의

맹렬한 저 휘몰이
평화 속의 휘몰이

천지가 눈물꽃이네
스며드는 황금의 비*

몸속에 곤두서는
봄바람의 양쪽 날개

숨 고르며 쏟아지는
함성의 꽃가지에

숨겨진 가둠과 자유
꿈꾸는 반란이다

-《시조21》, 상반기호

* 천경자 화백의 작품.

늦어도 11월에는*

김세진

늦어도 11월에는 좋은 일 있으시길
보내온 책을 읽는 햇살 가득한 오후
곰곰이
생각해본다
그 좋은 일이란 뭔지

글쎄 좋은 일에는 대체 뭐가 있을까
늘상 반복되는 일상이 전부인데
불현듯
하늘 한 모서리
팽팽하게 당겨온다

잊고 살아온 것들 이미 잊힌 것들
사무실 건너 절개지에 가을이 사뭇 붉다
늦어도
십일월에는
사랑하고 싶다, 한 번쯤

－《한국동서문학》, 가을호

* 한스 에리히 노삭의 장편소설.

가을 산

김세환

누구나 옷깃 여미며
고개 숙여 오르는 곳
아직
누굴 위한
눈물이지 못했는데
취토록
눈의 즐거움
누려봐도 되는가.

마음 다 내려놓아야
열리는 좁은 고샅길
불살라 순교하는
가을 산 무릎 아래
남루한
자존을 찢어
바람 한 점 매단다.

－《가람시학》

전어

김소해

가을 바다 잘 구워서
저녁상 준비한다

땀 젖은 당신 등도
돌아오는 시간이면

지상의 숟가락 몇 개
그 무게가 꽃이다

-《나래시조》, 가을호

한라 시편

김연동

격전을 예고하는 찬바람이 스쳐 간다
신발 끈 다시 죄고 자존의 뼈 다잡는 시간
바다를 쓸고 온 해미 장막처럼 둘러선다

광기狂氣로 얼룩진 얼굴 화장도 닦아내고
다 닳은 관절 마디 다독이며 올라가는
저 절정 서늘한 황홀 미간眉間을 후려친다

하늘빛, 백록의 물빛 눈썹에도 물이 들어
내 마른 은발의 서정 흔들고 비틀어보는
삭은 몸 누리는 호사豪奢, 눈부신 수혈이다

─《서정과현실》, 하반기호

풍경 2

김영완

여든여덟 큰어머님
여든다섯 당숙모님

여든이신 어머님꺼정
모두들 홀로 되어

넋 놓고
쓰러져 가는
시골집을 버티신다.

－《시조춘추》, 하반기호

무산 설법

김영재

꼬장꼬장 할망구한테 내 손목을 꽁 붙잡혔어

아 이 할망구 빠꼼빠꼼 쳐다보더니 젊었을 때 서늘했던 그 낯짝
어디다 두고 곱던 눈매 어느 년 다 주고 요로코롬 늙어빠졌냐 바삭
바삭 늙었네 그건 그렇고 어디 한번 물어봅시다 어떻게 하면 잘 사
는 거요

살아도

팔십을 살아도

잘 사는 거?

아따, 이 할망구

－《유심》, 3/4월호

물의 화엄

김영주

한바탕 소용돌이 휩쓸고 간 모래톱에
깨진 병 조각이 시퍼렇게 꽂혀 있다
누구든 스치기만 해도 살을 쓰윽 벨 기세로

파도는 너른 품으로 보듬었다간 돌아서고
눈물을 삼키면서 보듬었다간 돌아서고
제 혀를 자꾸 베이며
끌어안고 핥아준다

그렇게 숱한 날들이 지나고 또 지난 후에
너울도 닳아져서
지쳐 그만 잦아든 후에
그제야
날끼을 다 버리고
둥글게
내주는 몸

　　-《서정과현실》, 상반기호

달팽이의 생각

김원각

다 같이 출발했는데 우리 둘밖에 안 보여

뒤에 가던 달팽이가 그 말을 받아 말했다

걱정 마 그것들 모두

지구 안에 있을 거야

-《시조춘추》, 하반기호

사월 월령 바다

김윤숙

사월 바다는 허옇게 뭍으로 달려든다
끝내 손 놓아버린 핏줄을 부르듯
저토록 짐승의 소리
온몸 들썩이며 운다

감히 저 슬픔을 입술 끝에 올려놓던
갯바위 틈 선인장 길 아려오는 발걸음
오래된 상처만 남아
바람처럼 휘청댄다

파도에 넋 잃듯 멈춘 풍력기 다시 돈다
아직도 안 끝난 그 노래 예서 부르듯
쇳덩이 저 바다 향해
마른 거품 잔뜩 날린다

−《열린시학》, 여름호

절정

김의현

콘도르가 없으면 절정 없는 피의 축제
제물을 잡지 못한 사내들의 기다림은
간절히 엎드린 마음의 정수리를 누르고

먼 곳에서 천둥 치고 눈썹달 떴다 지고
코카 잎 점괘마저 희미해져 가는데
끝끝내 산 너머에서 오지 않는 콘도르

누구나 한 번쯤은 생의 절정 온다는데
모호한 생의 근원 더듬어 기다린다
뜨겁게 엉겼다 맺혀 툭 터지는 그 절정을

-《시조세계》, 겨울호

봄물을 기다리며

김일연

내 아버지의 유골을 내놓으라 울부짖던

야스쿠니 신사 앞에서 한국 여자가 뺨을 맞는다

밥 먹던 밥숟가락이
철렁,
떨어진다

이 강산에 흩뿌린 내 아버지 유골 위에

지혈되지 않는 상처를 얼음에 문질러 선

꼿꼿한
푸른 소나무
눈 속에 보러 가야겠다

—《열린시학》, 봄호

먹을 갈다

김제현

먹을 간다
붓끝에서 깨어나는 산수 한 폭

얼음 밑 흐르는 물소리
한 빛 먹빛으로 번지고

산들은 문기文氣를 즐기며
눈을 맞고 서 있다.

사람이 먹을 갈았는가
먹이 사람을 가는가

한 자루 먹도 못다 쓴 채
그려진 인생 한 폭

맨발의 사내가 가고 있다
뒤처져 가고 있다.

–《유심》, 5/6월호

물소리에게
-영주행榮州行

김종

숙수사 물소리가 신새벽을 지나간다

팔부채 길게 뽑아 모여드는 물안개가

장지에 먹물 번지듯 도화꽃을 치고 있어

왕소금 별들의 몸이 육감肉感처럼 다녀간 뒤

지나온 산바라기 병풍처럼 둘렀더니

읽던 책 덮어둔 채로 풍월 마당이 제법이고

이른 봄 그림 속으로 녹색 귀를 여는 풍경

숲길 건너 낙락장송을 통풍구에 모셨구나

하마쯤 산천초목이 어사화를 꽂았겠다.

-《시조시학》, 여름호

법성포 일몰

김종빈

숨죽인 저문 바다 멀어지는 한 척 배
수평에 피어오른 뭉게구름 비껴두고
오늘도 황금빛 유혹,
까치놀이 길을 연다.

썰물 진 포구에 스스로 정박당한 채
한때의 푸른 꿈이 풀 죽은 낡은 뱃전
생생한 그 뼛속의 날
소금쩍으로 돋아 있다.

떴다, 잠긴 꿈에 아직도 설레는 걸까
물길 힘차게 가르던 바다는 그대론데
잡힐 듯 삼삼한 날들
몇 미터 앞의 물거품이여!

－《시조시학》, 겨울호

쇠별꽃 사랑

김진수

아침엔 꽃이 되고
저녁엔 별로 뜨는
그런 사람 한 사람 가슴 안에 품었으면
청천에
날벼락이 친들,
엄동설한에 밤 깊은들,

–《시조미학》, 하반기호

암밤*에게

김창근

좋아 마라, 두 발로 막 걷는 침팬지여
네 시야 넓어지고 두 앞발 자유로워져도
머리는 점점 복잡해져 아파오게 될 터이니

네발 짐승은 한 번도 겪지 않을
온갖 질병을 너 앓고 또 앓으리니
가련한 두 손 짐승을 왜 닮으려 하는가

두 앞발을 두 손으로 바꿔버린 짐승이
네발 짐승은 차마 하지 못할 일들을
얼마나 저질렀는지 보지도 못했는가

뒤뚱대는 네 모습이 우스꽝스런 것처럼
두 손 짐승이 뽐내는 이 모든 것들이
하찮은 웃음거리임을 그댄 정녕 모르는가

－《시조시학》, 가을호

* Ambam, 영국 켄트(Kent) 포트 림(Port Lympne) 야생동물원에 사는 두 발로 서고
  걸어 다니는 고릴라.

어떤 행렬

김현

투쟁도 끝나버린 재개발 철거 지역
누군가 창을 보면 먼지 닦던 생각들
이제는 열어볼 풍경도 닫아야 할 방도 없다

집 나간 이들 돌아올 일 없는 골목길
비닐 장판 깔고 앉아 나누는 소주 몇 잔
불콰한 저녁노을이 눈물 자국으로 번진다

산 사람 어디 가도 산다고 떠나는 행렬
쪽간판 하나 달고 서 있는 보안등이
자기도 못 돌아온다고 보내는 길 밝힌다

-《서정과현실》, 하반기호

난타

김호길

내 몸은 나의 혁명정부
번번이 역모를 시도했다.
겨우 낡은 시대를 몰아내고
새 깃발을 올렸지만
우수수
시간의 화산재
허옇게 머리를 덮고 있다.

－《유심》, 3/4월호

펭귄은 웃지 않는다

김환수

뒤틈바리 민아 삼촌
뒤뚱거리는 걸음새로

펭귄이란 그의 별명
놀림감이 되곤 했지

물 젖은
거쿨진 목청은
앞소리꾼 뺨을 치지.

살진 목메기처럼
허우대도 헌걸차서

언제쯤 바닥 칠까?
어칠비칠 견뎌온 삶

또다시
낯선 에움길
우줄거리며 걸어간다.

−《현대시학》, 9월호

먼 데 산이 다가와

나순옥

금빛 아가미 뻐끔거리며

찾아든 봄날 오후

잎새들이 가만가만

하늘 들어 올리자

먼 산이

무릎걸음으로

다가와 마주 앉다

-《시조시학》, 겨울호

사월 한낮

노중석

말발굽 소리도 없이 허공을 달려간 천마天馬
그 길에 벚꽃 살구꽃 꽃구름이 일어나네
화창한 사월 한낮에 봄 내음을 흩어놓고

직지사 벚꽃 길 꽃들의 속삭임을
옥색 하늘 한 자락이 귀 기울여 듣고 있네
그 곁에 누군가 와서 차곡채곡 고요를 쌓고

-《대구시조》

명창

문무학

높은 산을 넘어오는
바람 소리 같았어라

계곡을 흘러내리는
그 물소리 같았어라

가슴을
가로지르는
소리 없는 소리였어라.

그 무엇이 내 안을
이리 환히 밝히리.

중모리 중중모리
자진모리 건너서

휘모리,
그쯤에 가면
내가 나를 잊었어라.

−《대구시조》

가까운 혹은 너무 먼 1

문수영

끝물 단풍 보러 왔다 내 속을 들여다보네 멀어서 볼 수 없는 그
대 모습 그려보네 팔공산 휘굽은 길을 한발 앞에 펼치며

–《포클레인》, 영언 동인 제3호

왼손도 손이다

문순자

의사는 다짜고짜 내 구력을 물어온다
운동?
운동이라면 노동이 고작인데
병명도 분수가 있지
'테니스 앤 골프 엘보'라니

그렇다면 도대체 내가 뭘 쳤다는 걸까
오른손잡이,
이 손으로 네 등 떠민 적 없었다
무심결 왼쪽 손으로 찻잔을 든 이 아침

세상에, 세상에나
업은 애기 삼 년 찾듯
여태껏 안 떠나고 여기 남아 있었구나
반세기 흘리고 나서
심봤다!
너 왼손아

─《나래시조》, 여름호

우체통이 보인다

문제완

길모퉁이 돌아가면 서 있는 빨간 우체통
혼자서 하루 종일 늦가을 비를 맞는다
따스한 안부 한 장을 받아본 지 얼마일까

메일과 카카오톡 넘치는 요즘 세상
우표 붙인 편지 들고 그 누가 오련마는
오늘은 빗줄기를 세며 가슴을 비워둔다

살아온 나이만큼 너 또한 세월을 이고
반쯤은 희미하게 웃어도 주는구나
그리워 성긴 시간 속 숨어들어 망을 본다

고요가 깔려 있는 단칸방 하나 얻어
그럭저럭 철도 들며 너와 함께 건넌 시간
바람이 지나가는지 휘파람 소리를 낸다

－《시조시학》, 봄호

참꽃

민병도

형 대신
징용 갔을
그 산길에
곱던 참꽃

올해도
어김없이
절며 오네
혈서처럼

남아서
부끄러운 사람,
한 명 한 명
안부를 묻네

―《시조시학》, 여름호

초분

박권숙

부안군 계화도 장자월 가다 보면
씻기지 못한 원은 해무 너머 내려놓고
변산의 가을 밖에서 촉루를 꿈꾸겠네

껴입은 시간의 옷 낙화처럼 말리다 보면
마지막 기척도 말라 물피 덤불 놀 붉겠네
사라질 빛을 간추린 살금마을 들머리쯤

돌무지 이엉 없은 육탈의 작은 죽음
바람보다 가볍게 큰 죽음에 들겠네
못 보던 낯선 별 하나 영영 침묵하겠네

-《한국문학》, 가을호

낯선 물웅덩이

박기섭

큰물이 지자 본래 있던 물웅덩이는 어디론가 떠내려가고, 개울
가에 낯선 물웅덩이 하나가 새로 생겨났다

그 많던 갈겨니 피라미 떼는 다 어디로 갔을까, 늙은 버들치 한
마리만 낯선 물웅덩이 속 낯선 풍경을 여수며 자갈밭에 물린 개울
의 젖꼭지를 물었다 뺐다 한다

상류의 자갈밭은 또, 할 수 없는 자갈 빛이다

－《문학의오늘》, 여름호

어머니와 어머니가

박명숙

도랑치마 걷어 올리고
도랑물 건너가네

마른 땅 끌던 꿈
허리에다 동여매고

물살에 정강이 찧으며
고픈 봄날 건너가네

어머니와 어머니가
나를 끌고 건너가네

뻐꾸기도 울지 않는
징검돌 없는 봄날

도랑물 밀어 올리며
도랑치마 건너가네

—《시조세계》, 겨울호

어느 날 죽다

박방희

어느 날 인터넷에 내 이름을 치고 검색하니

간밤에 무슨 성도 돌아가시다, 가 뜨고

모르는 여러 사람들이 명복을 빌고 있다

그것참 나 모르게 내가 죽어 추모되다니

나 말고 또 어떤 이가 한이름을 썼겠지

뜻밖에 듣는 부음에 내가 내 명복을 빈다

－《시선》, 가을호

목도장 파는 골목

박성민

노인의 손끝에서 이름들이 피어난다.
이름 밖 나뭇결이 깎여나는 목도장.
움푹 팬 골목길 안도
제 몸 깎고 피어난다.

캄캄한 음각 안에 웅크려 있는 고독.
나 아닌 것들이 밀칼에 밀려날 때
촘촘한 먼지 속에서
울고 있는 내 이름.

노인의 이마에서 전깃줄이 흔들리고
골목에 훅, 입김 불자 길들도 흩어진다.
도장에 인주를 묻혀
붉은 해 찍는 저녁.

−《시조세계》, 가을호

일상의 공복

박시교

쓸쓸한 공복처럼 지금 막 헤어진 사람 돌아보지 않아도 눈에 선한 뒷모습처럼

날마다 느끼는 이 참담이 성에 낀 소름이다

대답이 없을 줄 알면서도 버릇처럼 묻고 무작정 누군가를 기다리는 해 질 녘 공허

한 번도 써본 적 없는 유서처럼 서늘하다

그냥 스쳐 가는 바람이거니 하면서도 옷깃을 여미는 날이 부쩍 더 잦아지고

넋 놓고 건너는 하루 그 세월이 끝없다

―《현대시학》, 4월호

감자에 관한 비유

박연옥

냉장고 문을 열자 웅크린 감자 몇 개

잊고 산 시간 저편 겨울의 안부 같은

어쩌면 지우고 남은 우리 삶의 여운 같은

혹한을 견디고 온 노숙의 그것처럼

이를테면 경이로운 생존의 순간들이

서로가 서로를 붙잡고 봄을 만나는 것이다

−《시조21》, 하반기호

부석사 저녁 북소리

박영교

골마다 푸른 산맥

말 못 하게 엎드려놓고

안개로 산골 물 발라

그 소릴 지워놓고

북소리

속울음을 열어

온 산천을 잠재우리

-《시조세계》, 여름호

설화

박옥위

설화 피었습니다 삼동을 이겨내고

고개를 쏘옥 내민 연분홍 꽃부리들

오셔서 함께 보시면 그리움도 꽃필 듯이

보내신 마음을 사랑이라 여기면서

삼동을 잘 견디고 이 봄 설화 피었습니다

그대 맘 연분홍인 걸 꽃도 안다는 듯이

-《시선》, 여름호

늘 푸른 도서관

박지현

한 장 두 장 넘기던 손끝은 아직 아린데

액자 속의 그 여름날 매미 울던 도서관이

헌책방 팔아넘겼던 그 책에 누워 있다

꼼꼼히 낱장 펼쳐 낱말 하나 부호까지

쪽마다 찍힌 걸음 하나하나 훑어보지만

늘 푸른 지난날들은 이제 찾을 길 없다

활자가 삼킨 날들 행간에 꼭꼭 숨었는데

내 경작한 밀밭마다 일렁이는 바람 소리

손끝을 오르내렸던 그 기억만 푸르다

    －《시조세계》, 가을호

악어의 눈물

박해성

목숨 팔아 귀족이 된 그를 본 적 있나요?
야생의 어금니가 아직도 근지러운지
백화점 유리관 속에 질겅질겅 권태를 씹는

터지는 활화산인 양 콧김을 내뿜으며
세속 진흙탕에서 막무가내 설치던 이,
껍질만 달랑 남았다, 뼈도 다 빼버리고

산다는 건 누 떼처럼 광야를 달리는 일
맹수에게 쫓기고 건기의 강도 건너지,
어쩌다 헛발 짚으면 다만 한 점 바람인데

눈물샘도 말랐는가, 납작 엎드린 그대
비늘마다 콕콕 박힌 숨 가쁜 역광 아래
적도의 비릿한 밀어, 그 해웃값 쟁쟁하다

－《화중련》, 하반기호

저녁 무렵

박현덕

바람벽 못에 걸린 닳고 해진 작업 바지

무심히 저녁 먹다 아버지를 떠올린다

남루한 평생이었다, 펄럭대는 바람만큼

－《시조세계》, 겨울호

빨랫줄

박희정

팽팽히 훑쳐매도 이내 늘어지는
한사코 펄럭이며 우리를 이어주던 또 한생 원형의 그리움 한 번
더 나부낀다

밖에서 안쪽까지 올올이 새긴 말씀
이만큼의 거리에서 그냥 바라보며 봄 한때 짧은 기억을 외줄로
앉혀본다

-《시조세계》, 여름호

단정학
—그리운 아버지에게

배우식

텅 빈 화면 같은

아버지 눈 속에서

학의 날개 투명하게

자라나던 그 어느 밤.

아버진

꿈속으로 들어와

날 태우고

날아다녔다.

—《포클레인》, 영언 동인 제3호

쑥을 캐며

배인숙

누구 눈치 볼 것 없이
쑤욱, 몸을 내민

파랗고 보드랍게
한철 봄을 덮고 있는

쑥이다
이 땅의 우린
끈질긴 손금이다

누천년 뿌리 뻗어
한 잎 한 잎 지은 보약

깊숙하게 내린 속뜻
쑥 쑥 뽑아 올리면

손등에
얹힌 햇살도
그대로 약이 된다

    -《시조시학》, 여름호

물꼬를 트다

백이운

물빛이 아름다운 건 맑아서일 거라고
하늘만 쳐다보고 살아서일 거라고
단순히 그런 생각만 품에 안고 있었지요.
갇힌 물이 아우성치는 소리 듣지 못했어요
아파서 시퍼렇게 멍들어 있는 줄도.
무심히 물꼬를 트자 물꼬리 살아나네요.
환골탈태의 처연한 들숨과 날숨 사이
무른 무논이 필사하는 경전 위로
바람이 지나가면서 방점 하나 보태네요.

—《시와소금》, 여름호

벌교

변현상

전라도
보성
벌교
저 갯벌이 종교다

날름
날름
주워 먹는
꼬막은 구휼금이고

널배가
넓은 신전을
헌금도 없이
지나간다

-《나래시조》, 여름호

겨울 수종사

서석조

정결한 다실에서 찻잔이 나넙니다

누구 하나 보챔 없이 순서를 기다립니다

스스로 세운 율령에 어긋남이 없습니다

오백 살 은행목이 下心으로 가지 벋어

가파른 에움길 끝 지평을 열어주고

칼바람 맞받아 안아 해우소가 아늑합니다

둘러 뵈는 세상만사 점점으로 모이다가

두물머리 환락으로 소유 본능 꿈틀하자

뎅그렁 대웅전 풍경 이만큼이 극락입니다

—《시조세계》, 봄호

상강 무렵

서성자

반쯤 썩은 늙은 호박
밑을 도려냈다
서리 앉은 골을 따라
물러진 아랫도리

한때는
피와 살의 일로
뜨거웠을 길이 깊다

자궁을 들어냈다며 그녀가 웃는다
밤새 산을 굴러 온 단풍물 소리로

몸 한쪽
흐적흐적 지우는
그믐달
눈이 붉다.

―《서정과현실》, 하반기호

주름집 한 채

서숙희

깡마른 할머니 한 분 목욕탕에 드셨다
파란과 만장이 촘촘하게 내장된
다 낡은 압축 파일 같은 주름의 집 한 채

이력이나 내력의 코드로는 읽을 수 없는,
한세상을 품고 안고 길러내고 남은 몸이
접힌 채 퉁퉁 붓는다

문득 탕 안이 끈적하다

-《시조미학》, 하반기호

가을 자화상

서연정

초고草稿를 던져주고 여름은 돌아갔다

빽빽하게 들어찬 활자를 솎아내는 일

천지간 들끓는 신열 진통의 시작이다

벌레들 기어간 자국 반점 앉은 잎사귀

덧칠에 서툰 붓질 뜻밖의 그림 본다

찬란한 허구를 꿈꾼 부끄러운 자화상

가을은 온몸으로 생의 불티를 턴다

쏟아지는 그리움 무엇의 암시일까

눈부신 거짓말처럼 목숨이 타고 있다

－《가람시학》

가을 강

서일옥

절벽 같은 목마름이 불빛으로 타고 있다

객기도 결이 삭아 곱게 익을 세월이건만

마지막 칸타타처럼 저리 붉게 흐르고 있다.

지상에 살았다는 흔적 하나 남기려고

누가 어등漁燈처럼 어둠 속에 서 있는지

강물은 울컥거리며 하염없이 가고 있다.

－《서정과현실》, 하반기호

봉숭아

서정택

어쩌자고 흰 구름이 침목에 길게 누워
발치마다 손깍지 낀 첫눈 흩뿌리더니
씨받이 동토를 열고 꺼내놓은 먼 철로

속절없는 헤어짐도 속절 있는 그 길에선
자글자글 백반마냥 오붓하게 눈은 끓고
목울대 조붓한 너머로 입김 토하고 있다

흘깃 흘겨보다가 솔깃해진 발자국들아
그 뒤 굽에 고여 있는 놓은 물이 질퍽해서
헤적여 불씨 찾느라 뜨거워진 손가락들아

- 《시조세계》, 가을호

다시, 동굴

선안영

간신히 매달려 있는 물방울 같은 젖가슴, 우기 끝에 흘러내린 흙 더미 같은 맨살, 버려진 모래시계로 노파가 누워 있다.

꽃멍울 울울창창 피고 지던 자국마다 울음이 박히어 얼음 든 통증으로 희미한 심장박동 소리 수평선을 찾아가는가

내연內燃의 연료가 이제는 꿈뿐이라서 중심을 텅 비우는지 흰 이불 둘둘 말고서, 애벌잠 몇 잠 잘 주무시고 금세 날아가려는 듯

　　－《다층》, 여름호

중도에 가다
―소금박물관

손영희

나를 불러들인 건 짜디짠 생의 비의와

꿈속에 아삭거리던 소금꽃 피는 소리

다리를 막 건너서자 환영처럼 눈 내린다

갯벌을 이고 오신 어머니 눈 터는 소리

길이 끊긴 바닷가 벼랑으로 몰리고

남겨진 소금 창고에 서러운 듯 쌓이는 눈

―《시조시학》, 여름호

산밭, 봄을 머금다

송선영

생의 비알 이랑 이랑 유채색 꿈의 군락

고랑 고랑 몸을 휘어 부축하네, 군락의 꿈

밤비에
젖멍울 불렸나

이슬아침 옹알이여.

−《현대시학》, 1월호

틈

송진환

서로가
조금씩
서로를 여는 것이다
그 사이로 새로운 세상 꽃피우는 것이다
민들레 비집고 나온
노란 세상 보았잖니

어쩌면,

틈이란 것도 삶의 여백인 것을
우린 자주 잊어서 쉬 용납 못 한다
막히고
닫힌 곳에선
꿈꿀 수도 없는 것을

-《시조시학》, 봄호

녹음필사 綠陰筆寫

신필영

발목 저려 주저앉는 긴 탄식의 팔부능선

당귀 꽃 두레상에 사발밥 차려낸다

뻐꾸기 울음소리가 올린 수저 육십 벌

하늘엔 소지 올리듯 숨죽이며 가는 낮달

도지는 이명인가 유월 숲 또 일렁인다

먼 이름 받아 적느라 가는귀 먹는 오늘

그해의 녹취록은 잡음으로 긁혀 있어

뉘 가슴 흔들어도 판독마저 힘든 나날

목젖에 매달려 우는 딸꾹질만 끊임없다

－《시조21》, 하반기호

조화가 있는 풍경

양점숙

고흐를 꿈꾼 그래서 외로운 사내가
물무늬 뼈대까지 솜씨 좋게 빚어놓고
메마른 꽃대를 세워 가면의 색을 올렸다

데불고 든 욕망만으로 곧게 세운 물관
빛 고운 침묵 받아 모반을 꿈꾸다가
창백한 심장을 꺼내 실핏줄을 살핀다

그 자리 왜 섰어야 하는지도 모르는 채
석 달 열흘 곧은 줄기 어둠 곱게 입히고
잘 마른 묵언의 수행 아직도 정진 중이다.

－《개화》

제라늄

염창권

후각이 발달한 저 여자의 몸에는
푸르게 덧칠된 시간들이 고여 있다
뼈마디 툭툭 분질러 꽂아두면 꽃 피운다

가문 땅에 발목 묻고 꽃대를 밀어 올려
성치 않은 뿌리로도 홍어 맛을 쟁인다
살냄새 맡은 것처럼
아려오는 이 독성毒性!

기다려온 시간만큼 푸석하게 피워낸 꽃
마른침을 삼키면서 탐조등을 밝힐 때
네 몸을 우려내는 향은,
한 종지의 달인 피.

-《시조시학》, 봄호

까딱 않는 그리움

오승철

어느 산간
어느 폐교
종소리
훔쳤는지

쇠잔등 굽은 오름
도라지꽃 한 송이

그리움
까딱 안 해도
쇠울음만 타는
가을

-《시조시학》, 봄호

행간을 넓게

오영빈

조금 뒤처져 가니 패랭이꽃도 보이네

있으려니, 질러가는 길

외면하듯 돌아서 가는

되도록

행간을 넓게

풀어쓰는 생활 보법

-《시조시학》, 겨울호

하지夏至 소묘

오영호

고요를
눌러대는
6월의 햇살 아래

한 마리 무당벌레
풀잎에 장좌불와 중

울담 밑
하얀 봉숭아꽃
뱉어놓은
까만 사리.

-《시조시학》, 가을호

늙은 악사樂士에게

오종문

허구한 날 장터에나 떠돌던 흰옷 사내
악다구니 세간의 일 떨이로 다 넘긴 뒤
막걸리 두어 사발에
우아한 음 얻었느냐

한때 치열하게 살던 자기 생의 이야기 속
부르튼 발로 걷다 행간에 허둥 빠진
목숨은 참 질긴 거라
눈물 잣는 일인 거라

오늘은 텃새 되어 폐허가 된 집에 들고
불도 안 땐 쪽방에서 웅크린 채 잠드는 밤
쪽문 밖 동백꽃 진다
신발 위에 달빛 진다

－《유심》, 1/2월호

소리가 멈춰 선다

우은숙

골목길 접어들다
휙, 뒤를 돌아본다

그림자가 지나간다
머리가 쭈뼛 선다

소름이 확 밀려온다
재빠른 움직임이다

핸드백 움켜쥔 내 손을 스쳐 가던

그림자가 나를 삼킨다
소리가 멈춰 선다

나보다 더 놀란 고양이
두려움을 핥는다

《시조세계》, 여름호

백일홍

유동순

보장된 백 일도 호흡하지 못하는가
모를 운명에 가녀린 목청 꺾이고
그믐밤 소녀 가장은 욥처럼 서러웠다

살점 잃은 동생들 허리 꺾인 오빠의
밥그릇을 물어뜯은 살쾡이가 으릉대고
엄마의 텅 빈 자궁엔 시린 달빛만 내렸다

울목 요강에서 올라오는 구릿한 냄새
지독히 더듬어 오는 뒤란의 기억들이
포수의 장전된 엽총처럼 팽팽히 당겨진다

늑골을 휘어 감는 유년의 낮은 담장
갈가리 광풍으로 찢겨버린 속엣말이
일순간 붉은 울음의 뼈로 환하게 피고 있다

- 《시조시학》, 봄호

청자 주병

유자효

긴 목을 쓰다듬어 흐르듯 내려오면
잘록한 허리에서 은밀한 관능의 손
풍만한 둔부의 선은 숨 막히는 황홀함

천년 전 하늘이여
옥빛으로 밝았던가
숲에는 학이 날고 사슴이 뛰었으리
눈부신 강산의 모습
담았으리
이 병에

상감 무늬 따라 물결치는 장인의 넋
까마득한 뒤에도 오롯하게 전해져
나날이 더욱 새롭게 살아나는 어여쁨

－《월간문학》, 6월호

가랑잎 무게

유재영

1

내 또래 그 가을을 보고 싶어 찾았더니 귀룽나무 어디에도 친구
는 간데없고 파랗게 여문 하늘만 끌어안고 왔습니다.

2

열매주 한 병 들고 다시 찾은 그 가을 어느새 그도 나도 얼룩진
나이라서 받아 든 가랑잎 무게 도로 내려놓습니다.

–《문학사상》, 9월호

족발과 난초

유종인

족발을 뜯으며 난초를 바라본다

관음소심觀音素心,

깊은 꽃말을 향기로 듣는 귀여

살을 다 발라낸 뼈가 꽃보다 하얗다니

난초 잎 그림자가 뼈다귀에 흔들리고

혀를 다 베어낸 듯

난꽃이 질 때도 있어

뜯느니

살점만 말고 마음줄도 골라다오

–《서정과현실》, 하반기호

종착역에서

유헌

색 바랜 필름처럼 풀리는 기찻길에
뜨거운 심장으로 눈을 뜨는 녹슨 길목
쿵쿵쿵 뛰는 꿈들이 소실점 찾아간다

철길에 닳고 닳은 새벽녘 그믐달빛
먹구름 지나가도 외롭지 않은 것은
종착역 수은등 불빛 깨어 있기 때문이다

삼학도* 비린 바람 날개 돋아 펄럭이고
곰삭은 마음들이 철길 따라 휘어질 때
취객의 물젖은 독백, 허공에 쌓여간다

모스러진 기억들이 눈물로 적재된 역
몇 번쯤은 내가 너를 떠나갔던 그 자리에
늦도록 서성이는 꿈, 상사화 꽃 한 송이

–《현대시학》, 9월호

* 전남 목포 앞바다에 있다. 섬에서 육지로, 최근에는 다시 섬 아닌 섬이 되었다.

가을 정경

윤경희

햇살도 모로 누워 잠을 청하는 오후,

두충나무 잎사귀 붉은 편지 쓰고 있네

한순간

짧았던 사랑

허물만 남긴 쓰르라미,

—《시조세계》, 가을호

큰기러기 필법筆法

윤금초

발묵 스릇 번져나는 해 질 무렵 평사낙안

시계 밖을 가로지른 큰기러기 어린진이

빈 강에 제 몸피만큼 갈필 긋고 날아간다.

허공은 아무래도 쥐수염 붓 관념산수다.

색 바랜 햇무리는 선염법을 기다리고

어머나! 뉘 오목가슴 마냥 젖네, 농담으로.

곡필 아닌 직필로나 허허벌판 헤매 돌다

홀연 머문 자리에도 깃털 뽑아 먹물 적시고*

서늘한 붓끝 세운다, 죽지 펼친 저 골법骨法.

-《현대시학》, 4월호

* 큰기러기는 공중을 날 때 사람인(人) 자 모양의 어린진을 친다. 대오 가운데 맨
  우두머리가 항상 앞장서서 리더 역할을 한다. 따라서 큰기러기는 잠시 머물다
  간 자리에도 깃털을 뽑아 떨어뜨려두는 습성이 있다. 이른바 '유묵(遺墨)'처럼
  제 다녀간 흔적을 남겨둔다고 한다.

가을 북천

윤원영

가장 아름다운 우리의 계절은 왔다
미세한 바람에도 흔들리며 그립다
그립다
우릴 부르는
북천역에 내려보라

오래 기다리다 못 만나도 좋으리
설렘이듯 아픔이듯 아스라이 길은 멀어
가을볕
꽃그늘 아래
더딘 기차를 기다리네

-《한국동서문학》, 가을호

무량사 가는 길

윤채영

늦가을 비 내리는 무량사 초입쯤에
바람길 묻고 있는 수척한 단풍 한 잎
풍경이
몇 번 웁니다
적막이 잠을 깹니다

가던 길 멈추고 귀 잠시 세웁니다
열반에 들지 못한 늙은 선사 젖은 독경
이 저녁
단풍 듭니다
발끝까지 환합니다

−《오늘의시조》

나무, 출가하다

이광

잘 가라 내 품에서 여름 한철 푸르던 꿈

가을날 붉게 타다 사위어간 불꽃이여

가거든 잊어버려라 매달려 살던 일들

수많은 사념일랑 떠나보내 고요한 날

하늘이 누벼주는 두루마기 걸쳐 입고

순백의 사막을 가는 수도자가 되리라

－《나래시조》, 봄호

버려진 과거

이교상

가마솥 땡볕이 지글지글 끓는 대낮, 음표의 그림자들 수풀 속에
나뒹굴고

앰프는 경고장을 안고 우두커니 서 있다

먹통이 된 세월 수거되지 않는 여름, 사육된 이야기 오래오래 주
고받는다 온종일 조문하듯이 바글대는 매미들……

그래도 나름대로 한 목청 자랑했을, 겉 봐선 멀쩡한데 속이 텅
비어 있는

누군가 몰래 내다 버린 먹먹한 몸을 읽다

−《화중련》, 하반기호

관수동 낙엽

이남순

관수동 골목길로 빈 수레 끌려가네
상가의 등짐 봇짐 실어 내던 김 노인
마침내 끌고 온 길을 휘갑치며 지우네

추루한 진창길을 끌고 밀고 당긴 터에
오토바이 퀵 서비스 겹겹이 진을 치니
떨어져 구르는 낙엽 쓴웃음만 흘리네

한 계절 잎 붙여 온 푸른 발을 누이는가
다시금 빈 가지로 제 몸뚱을 쓸어낼 때
노을은 가만 내려와 굽은 등을 다독이네

－《시조21》, 상반기호

늙은 사자

이달균

죽음 곁에 몸을 누이고 주위를 돌아본다

평원은 한 마리 야수를 키웠지만

먼 하늘 마른번개처럼 눈빛은 덧없다

어깨를 짓누르던 제왕을 버리고 나니

노여운 생애가 한낮의 꿈만 같다

갈기에 나비가 노는 이 평화의 낯설음

태양의 주위를 도는 독수리 한 마리

이제 나를 드릴 고귀한 시간이 왔다

짓무른 발톱 사이로 벌써 개미가 찾아왔다

—《시조시학》, 가을호

북극성

이복현

내 평생에 질러온 길
아프도록 휘인 길

언제나 고갤 쳐들고
하늘 보고 걸어온 길

넘어져 깨진 자리에
상처 아문 별 하나

돌아갈 고향 없는
떠돌이 유성처럼
먹구름 속 하늘을
더듬어온 반평생

남은 길
아득한 끝에
큰 별 하나 유난하다.

―《시조시학》, 겨울호

얼룩말의 행방

이송희

말들은 사라지고 얼룩만 남았다
한 떼의 얼룩말이 지나가고 난 자리
씻어도 지워지지 않는
얼룩무늬 문장들

고삐 없는 말들이 아무 데나 달려가서
순박한 눈빛을 한 양들에게 뒷발질하면
심장이 너덜거리며
낙엽처럼 나뒹군다

얼룩말에 밟혀서 뚝 뚝 부러지는 목소리
멀어지는 말발굽에 목숨 끊는 양 한 마리
목 잘린 얼룩말들이
또 저기 달려온다

－《열린시학》, 겨울호

분재

이숙례

깊은 골 길을 잃어 외로움 싹이 터서

찬 바람 움츠리며 손 내민 가지마다

빗소리 멀어져 가고 삶의 끈 놓지 않아

어느 한 손에 잡혀 감발이 된 손과 발이

뜨거운 햇살 아래 끊길 듯 그린 나이테

투명한 벽 속에 갇혀 세련된 몸매 가꾸다

말 많은 가지 치고 할 말만 남긴 주제

생략된 한 우주의 절제된 통증 다스려

깨어난 꽃망울마다 피 밴 소리 들리는 듯

−《시조세계》, 여름호

대나무꽃
－回婚 날에

이승은

그날 그 언약이
댓꽃으로 피는 아침

땡볕도 작달비도
견딜 만큼 견뎠다고

손등에 손을 포개며
눈부처가 됩니다

시린 등 다독이다
베갯잇 적신 세월

예순 개 징검돌을
번갈아 놓았다고

마음에 빗금을 지우며
강물 저리 흐릅니다

사랑은 봄 오듯이
용서는 꽃 벌듯이

대숲에 이는 바람
오지랖에 받아안고

타다 만 가슴 언저리
달래가며 핍니다.

－《오늘의시조》

셈

이승현

살아온 시간들을 가만히 짚어보면
이문을 맘껏 보태 놓아보질 못했다

이 빠진
주판인 줄 모르고
알만 자꾸 놓았다

보태야 할 시간에는 헛손질을 해대고

빼야 할 순간에는 덤으로 더 빼내주고

차라리 안 놓느니만 못한 수를 놓곤 했다

얼마 남지 않은 해거름
이제는 주춤할 수 없어

주판을 내려놓고 마음으로 되를 채우머

못다 판
나머지 것들은
그냥, 그냥 풀기로 했다

-《시조세계》, 가을호

역방향에 앉으면

이옥진

역방향 열차에 앉으면 지나온 길이 보인다

조팝꽃 하얀 웃음도,
은행잎 노란 눈물도

어둡던 터널의 끝도 그저 환하게 보인다

앞만 보고 가다 보면 오히려 멀미가 난다

역방향에 앉으면

잠시 멈춘 내가 보이고

저 멀리 미루나무들 귓속말도 보인다

－《나래시조》, 가을호

구두

이우걸

조금씩 지루할 무렵

그가 구두를 사준 적 있다

구두가 지저분하면 스타일을 구긴다며

구겨진 자신의 스타일은

눈치채지 못한 채.

차창 밖에 봄이 와서 꽃들이 수다를 떨고

방금 본 무지개처럼 추억이 선연하다

그 역에 닿으면 먼저

구두부터 닦으리라.

－《현대시학》, 1월호

낮은음자리

이원식

초침이 멈추었다
정적은
오지 않았다

낡은 욕조 바닥으로
또옥또옥
물방울 소리

올 싶은 금선琴線이었다

아주 맑은
경전經典이었다

–《유심》, 5/6월호

설해목처럼

이정환

지금 내 어깨 위에 내리퍼붓는 함박눈
네가 보낸 것임을 이제 나는 알겠다

두 팔이 설해목처럼
뚝뚝, 떨어져 내리는 밤

─《시조21》, 상반기호

下山

이종문

하늘이 나를 보고 같이 좀 울자시니 3박 4일 동안 결근계를 제출하고 월악산 첩첩 산속에서 울어줘야 할까 보네.

절 한 칸 탑 두 채를 세웠다가 허물면서 아홉 번 땅을 치며 통곡을 하다 보면 휘영청 저 환한 달도 흑, 흑, 흐느끼며 울고,

마음을 턱 내려놓고 한 사나흘 울었더니 하늘이 수건을 주며 이제 그만 울자시니, 눈물을 말끔히 지우고 산을 내려갈까 보네

－《대구시조》

널배

이지엽

남들은 나무라는데
내겐 이게 밥그륵이여
다섯 남매 갈치고
어엿하게 제금 냈으니
참말로
귀한 그륵이제
김 모락 나는
다순 그륵!

너른 바다 날 부르면
쏜살같이 달리구만이
무릎 하나 판에 올려 개펄을 밀다 보면
팔다리 쑤시던 것도 말끔하게 없어져

열일곱에 시작했으니 칠십 년 넘게 탄 거여
징그러워도 인자는 서운해서 그만 못 둬
아 그려, 영감 없어도 이것 땜시 외롭잖여

꼬막만큼 졸깃하고 낙지처럼 늘러붙는
맨드란 살결 아닌겨
죽거든 같이 묻어주

인자는
이게 내 삭신이고
피붙이랑게

－《유심》, 3/4월호

6월 뻐꾸기

이처기

버려진 철모가 휴전선 미루나무 아래서
써러럭 써러럭 녹이 슬고 있는

되뱉지 않으려 해도
끽끽거리는

6월 한낮

-《시조세계》, 가을호

따뜻한 혀 2

이태순

꿈을 꿨다,
풀 한 짐 지고 우두커니 서 있는

고요해서 슬펐다
풀 한 짐이 시들었다

천 리 길 만 리 떠나는 워낭 소리 들렸다

핏물 배인 풀 뜯어 먹다 배가 고파 울었다

붉은 흙을 뒤집어쓴
어미 소가 걸어왔다

다 헐은 혓바닥으로 연신 핥아주었다

―《나래시조》, 여름호

자리

이태정

모서리 앉지 마라 말씀하신 아버지가
명퇴 후 습관처럼 모서리에 앉아 계신다
가운데 앉으세요 해도 고개만 저으신다

키도 작아지고 목소리도 작아지고
가장家長 자리에서 가장자리 된 아픈 이름
한사코 가운데 자리 앉혔다 눈시울이 뜨겁다

-《문학사상》, 11월호

뜨거운 술

임성구

무덤가에 앉은 새가 엉엉 우는데 말입니다
봉분에 핀 할미꽃 주름 펴며 웃지 않겠습니까

이 봄날,
새와 꽃이 나눈

술이 참,

뜨겁습니다

–《시조춘추》, 하반기호

겨울 염전

임성화

고뿔 앓던 바다는 제방을 넘지 못한다
밀물이 그리운 화판 빗장을 굳게 내걸고
호황기 근육질 사내 그 가래질 생각한다

한 겹 한 겹 뜨듯 하늘을 걷어내는
가래질 서걱서걱 물의 영혼 달래가며
몇 트럭 소금 자루가 야적장에 쌓이고

개펄의 강철바람 절겅절겅 잘려 나간
잘 닦인 유리판에 다시 끼운 원판 필름
눈썹달 메이크업하듯 구도 잡고 앉는다

함석문 틈새바람 뼈 속 깊이 들어앉아
삐걱이던 골다공증 신음하던 아버지
쇠락한 자궁 속으로 걸어가고 있었다

—《울산시조》

메이드 인 코리아

임채성

1조 달러 수출 달성
현수막이 요란하다

폭죽 소리 웃음소리
잔 부딪는 뉴스 뒤로

비행기 트랩을 오르는 돌바기 웃음소리

화물칸에 싣지 못한
배냇짓은 빠이빠이

옹알이 걸음마도
새로 배울 내일 앞에

찬란한 수출 대국의 새아침이 밝는다

—《문학청춘》, 가을호

수국

장영춘

밤새 이슬에 젖은 안경알을 닦고 있네

촘촘히 사슬뜨기로
길 하나를
엮으신

어머니
발품으로 뛴
그 생애가 빛난다

－《시조세계》, 여름호

소리 없는 파이팅

장은수

경쾌한 금속음이 그물코를 찢고 있다
구름을 벗겨낼 듯 하늘 높이 치솟는 공
던지고, 치고 달리는 눈빛들이 환하다

말없는 운동장엔 꽹과리만 아우성치고
손짓말로 주고받는 함성 속 경건한 침묵
스탠드 응원석에도 눈에 땀이 솟는다

사람의 귀가 아닌 용의 그걸 가진 이들
한여름 뙤약볕도 발치에 와 엎드리고
배트를 움켜쥔 손에 힘줄이 불거진다

커브를 그리며 오는 울음들을 강타하며
꽉 닫힌 문을 열고 세상 속을 달려갈 때
다 해진 글러브 하나 해를 덥석 받는다

    ─《시선》, 가을호

* 충주 성심학교 청각 장애우 야구부가 주인공인 영화 〈글러브〉 이야기.

진달래

전연희

순이나 옥이 같은 이름으로 너는 온다

그 흔한 레이스나 귀걸이 하나 없이

겨우내 빈 그 자리를

눈시울만 붉어 있다

어린 날 아지랑이 아른아른 돌아오면

사립문 열고 드는 흰옷 입은 이웃들이

이 봄사 연지볼 하고

울 너머로 웃는다

−《시조시학》, 여름호

그림자

정경화

널찍이 드리울 뿐 올라서지 않았다
산골짝 더듬으며 홀로 지킨 먹빛 영토
치솟는 꿈은 눌러도
흩어지지 않는다

길게 뻗어볼 뿐 일어서지 않았다
낙엽을 잠재우면 물들이던 오색 영토
만 가지 색을 품고도
드러내지 않는다

강물처럼 따랐을 뿐 앞서 가지 않았다
결 따라 출렁이며 닦아가는 달빛 영토
아무리 짓밟아대도
결코, 밟히지 않는다

–《시조21》, 상반기호

요양원에서
 — 아그들아(사투리調로)

정공량

웃다가 운다야, 울다가 웃는다야
비는 살살 내리고 눈도 펑펑 쏟아진다야
이제는 갈 곳이 읎고, 갈 곳만 가깝다야

젊은 날 멍든 싱각, 맴서 홀딱 지우라제이
지난날 서운한 시간 기억에서 치우라제이
지나는 바람 소리가 내 가슴을 쓸고 간다야

하늘 푸르듯이 너희나 잘 살거래이
좋은 날 올 기여, 더 좋은 날 올 기여이
살아도 죽어 있는 목숨, 죽어서도 살겠제이

 — 《문학선》, 여름호

꽃 유서

정수자

오늘도 꽃의 유서가 조간으로 배달되고
검은 고딕 속에서 금수강산 금 가는데

가슴을 퍽퍽 치면서도
우린 금세 외면해요

아픈 꽃 투신 들고 가슴이 도려진 채
차라리, 하다가도 그림자로 사는 이들

유서를 거듭거듭 읽으며
피 묻은 초를 켜요

혼자 떨다 뛰어내린 어린 아린 낙화 따라
어느 추운 영혼이 낙화를 또 예습할지

비명들, 가위눌린 꿈들,
손은 항상 늦어요

감히 받은 꽃자리를 저만의 목숨인 양
벼락으로 내던진 유서 앞의 유구무언

그래도 차마 말할래요
아파서 또 꽃이라고

-《현대시학》, 11월호

우박

정용국

그날 제 눈에
무엇이 씌었는지

매서운 혀끝으로 우는 너를 떨치고 갔네

호롱불 환하게 내건 들머리 감나무 길을

다 삭아 시늉만 남은 네 늑골 허수간에

바람막이 하나도 둘러주지 못한 채

맨땅에 내동댕이쳐 진
설익은 사리 몇 과顆

−《시조세계》, 겨울호

갈증

정평림

대덕사 오르는 길섶

개불알꽃도 후줄근하고

갈급한 발걸음 몰아

절간 앞 샘泉에 선다

환생한

사천왕四天王일까

배 뒤집는

무당개구리

-《시선》, 겨울호

고백

정해송

방에 앉아
시 쓰는 일이
부끄러운 시절이다

은유며 상징이며
분칠 같은 기교들이

이 유월
녹색 깃발 아래
가화처럼 여겨진다.

―《시조시학》, 여름호

구일역

정혜숙

푸른 지붕이 얹힌 아치형 다리를 건너
한 편의 그리운 시가 내 앞에 도착했다
비 긋는 어스름 녘이어서
나무들도 수굿했다

일렬종대의 나무들 사이를 오래 걸었다
안양천 물줄기처럼 우린 말이 없었고
희미한 어린 날들이
간간이 이마를 때렸다

-《시조21》, 하반기호

합삭

정휘립

남루한 옷차림으로 자유가 뒷길을 간다 저녁을 침탈하는 가로등
눈초리 아래, 별빛도 깃털 접으며 자정 속을 잠적한다
　깨진 유리 깔린 흙길을 디딛는 요즘, 조립된 뉴스들은 얼굴 없이
뛰어다니고 골목 속 시궁창마다 내일이 빠져 있더군
　황사마저 진득하여 유독 길기도 한데, 그믐과 초승 사이 며칠간
그 칠흑의 무월無月, 입춘도 쫓기고 뜯긴 채 반쪽 낮이 초췌하데
　막걸리 사발 잔 너머 취기가 도시를 본다 쳇, 잘리고 분식된 채
너덜대는 석간 톱기사들, 철 이른 정신들의 눈이 행간마다 풀려
있데

　　－《시조시학》, 여든호

놋그릇, 꽃 피다

정희경

분가한 오빠에게 제사를 물리시고
놋그릇 한 벌씩을 건네시는 어머니
꽃대의 무게중심이 꽃잎으로 번진 날

종부의 긴 침묵이 고봉밥에 담겼다
몇백 년을 궤짝에서 저들끼리 얽혀서
굵게 밴 쓴맛 짠맛이 닦여서 지워진 길

살풋 건드리면 종소리 울리는 저녁
노란 국화 짧게 꺾어 소복이 담는다
어머니 늦은 팔십 평생 환하게 피고 있다

−《시조시학》, 여름호

본가입납 本家入納

조동화

일곱 번째 시집을 스승님께 부쳤더니
봉투가 온통 때 묻고 찢기어 돌아왔다
반송인 붉은 도장 하나 한복판에 찍힌 채

이사를 가셨다면 새 주소를 알아내어
일간 또 부쳐야겠다 마음먹고 있을 즈음
아뿔싸, 허를 찌르며 핸드폰에 날아든 부음訃音

아마도 병원에서 가쁜 숨을 쉬시던 며칠
아파트 편지함에 하릴없이 모로 누웠다
끝내는 갔던 길 되짚어 돌아오고 말았던 게지

먼 길 떠나시면서 미진한 제자를 두고
자신부터 돌아보라 일러주고 싶으셨나
정중히 옷깃 여미고 받아 드는 본가입납!

– 《유심》, 3/4월호

꾸지뽕*

조성문

푸서리 다 내주고 오도카니 선 나무들
여읜 잠 잡고 흔드는 그 바람 받아냈을까
돌확에 갈리는 소리
시린 뼈 우는 소리

허리짬 말라깽이
그리 속 비워가고
물리던 젖꼭지 같은 환약 같은 산뽕 열매
네댓 박 그러모으는 마른 손이 허전하다

발길 뜸한 공영 터미널 어여 가 혼잣말뿐
민화투 홑껍데기처럼 가으내 떨켜 남기고
젖내 나 흠씬 짓무른
내 두고 온 산 허구리

-《열린시학》, 여름호

* 유즙이 분비되고 유두처럼 생긴 뽕나뭇과 굿가시나무의 열매.

키 작은 나무

조영일

키 작은 나무들이 피워낸 잎과 잎 사이

작은 벌레들이
모여 집을 짓는다

불어온 바람이 와서 조용하게 머문다

온몸을 던져도 좋은
낮은 곳의 평화

땅의 온기와 만난 햇살 따스함 속

어울려 키 작은 나무
푸른 잎을 돋운다.

–《대구시조》

행원 일기 2

조영자

행원 바다 수평선은
가는귀 먹었나 보다
무자년 그해 가을
불턱*에 일던 바람
오늘은
해변에 나와
풍차나 돌리고 간다

-《시조시학》, 겨울호

* 해녀들이 물질이 끝나면 불을 피워 언 몸을 녹이던 곳.

밥통의 가치

지성찬

검진 결과 암세포가 있다는 의사의 말
수술 날짜 오월 십육일 어머니 소천하신 날
엄청난 사건 앞에서 오히려 담담했다

큰 병원 출입이야 남의 일로 생각했다
폐차장에 찌그러진 고철古鐵 더미 떠오르고
그 옛날 수술실 흑백사진 속 어머니 그 모습도

누워 있는 수술 침대로 다가온 섬뜩한 조명
마취에 점령된 생명, 죽음의 연습실에서
되돌려 받은 의식의 빛, 상황은 끝이 났다

평생토록 온갖 잡것 밥통만 채워왔다
귀하신 그 밥통이 칼날에 잘려 나가니
그제사 밥통의 가치價値를 처음으로 알았다

−《시와시》, 가을호

따스한 순간

진순분

1

동안거에 들어 있던 먼 산이며 강물이
봄물을 펴 올리며 푸른 입김 내뿜을 때
세상을 찾으러 떠난 내 마음속 탁발승

2

살과 뼈 피가 도는 목숨 마침내 흙이 되듯
한순간 살아 있는 미물들을 바라보면
그윽이 넙죽 엎드려 큰절을 올리고 싶다

3

고된 삶의 마디마다 별빛 같은 노모의 말씀
"궂은 날도 맑은 날도 다 지나간다" 다독일 때
눈부처, 눈물꽃 반짝 세상이 따스한 순간

－《유심》, 3/4월호

아련한 행복

채천수

고디* 한 대접을 샀다
칠성시장 난전에서
아이들 일기장에 쓸거리를 줘야 한다던
젊은 날 아내의 말과
반짝이는 강물을 샀다

기억에 젖어오는 철부지들 물장구며
강바닥 조약돌과 땅강아지 모래집이
아련한 행복이어서
고디 한 대접을 샀다

-《가람시학》

* 다슬기의 경상도 방언.

웃음에 관한 고찰

최영효

1

백무동 첫물이 물안개 뚫고 내리며 무연한 참꽃 마주쳐 곁눈으
로 훔치다
헛디딘 발목을 끌고 바위에 미끄러지는 소리

2

처마 낮은 지붕 아래 다 저녁 내릴 무렵 시집간 첫째 딸이 손자
안고 들어설 때
앉혀둔 찰옥수수가 솥뚜껑 여는 소리

3

가을볕 목덜미에 잔광이 빌붙기 전 콩이야 팥이야 하늘 바라 말
리는 시간
깻단이 성질 못 참고 제물에 터지는 소리

−《시조세계》, 봄호

그리운 안부

하순희

어버이날 한참 지나 형사장서 만난 지인
"어머닌 좀 어때요?" 핑 도는 눈물 너머
긴 날을 병석에 계신
그 어머님 긴한 안부

"결일업재마니바부재밥잘묵고대기나"
옆 사람이 보여주는 칠순 노모 서툰 문자
바라만 보고 있어도
찌르르한 가슴 한켠

내게는 이젠 없는 한 폭의 먼 풍경
마음 항상 가 있어도 닿을 수 없어 사무치는
되돌아가고픈 시간
그리움을 깁고 있다

－《개화》

손톱에 달이 뜬다

한분순

그믐달,
선지피 닿은
서늘한 입술 있어

짓이긴
핏물 머금고
첫눈을 기다린다

불그레 두근거리는
손톱 위의
봉숭아 물.

–《유심》, 1/2월호

붉은 억새밭

한희정

섬도 가을이면 바람이 붉어지네
평생을 지탱해온 깡마른 정강이로
한 개비 솔담배 태우며 서둘러서 오시네

철마다 맨발로 누빈 저 야생의 들녘을
자국 없는 낮달처럼 닿는 곳이 길이었지
홀로 산 천수의 가슴속, 저리 붉게 탔을까

짧아서 더 뜨거웠을 할머니 신접살림
아직도 식지 않는 건천의 언저리에
시월의 수문 열리듯 와락 젖는 치마폭.

─《시조시학》, 겨울호

들길 따라서

홍성란

발길 삐끗, 놓치고 닿는
마음의 벼랑처럼

세상엔 문득 낭떠러지가 숨어 있어

나는 또
얼마나 캄캄한 절벽이었을까, 너에게

−《시인수첩》, 가을호

징검다리

홍오선

엎드린 채 꿇은 무릎
이렇게 낮아지리

밟고 가는 천의 얼굴
견뎌내리, 다시 한 번

뉘인가
날 깨우는 이
저 가만한 발소리는

−《열린시학》, 봄호

산수유 화원

홍준경

찾아올 사람도 없이 찻물을 끓입니다

신새벽 찬바람에 홀로 벙근 꽃을 보며

때 절은 사진첩 꺼내 햇볕 아래 펼칩니다

이저승 넘나들며 시리도록 보고 싶은

흑백의 얼굴들이 가물가물 되살아나고

꽃 멀미 어찔한 오후 황금빛 세상입니다

─《유심》, 5/6월호

가을을 걸터앉아

홍진기

사랑의 전도사는
아무래도 허방 같다

철새를 따라 우는
강갈래 물소리거나

자는 별
눈을 비비는
손이 시린 바람이거나

어둠이 미끄러져
부서지는 새벽하늘

동강 난 옥가락지
그냥 넘는 그믐달이

통유리
겹창을 뚫고
잠든 꿈만 들쑤시는

–《유심》, 1/2월호

2013 좋은 시조

초판 1쇄 2013년 1월 15일
엮은이 김일연·정용국
펴낸이 김영재
펴낸곳 책만드는집

주소 서울 마포구 합정동 428-49번지 4층 (121-887)
전화 3142-1585·6
팩스 336-8908
전자우편 chaekjip@naver.com
출판등록 1994년 1월 13일 제10-927호

* 잘못 만들어진 책은 구입하신 서점에서 교환해드립니다.

ISBN 978-89-7944-421-6 (03810)

이 도서의 국립중앙도서관 출판사도서목록(CIP)은 e-CIP
홈페이지(http://www.nl.go.kr/cip.php)에서 이용하실 수 있습니다.
(CIP제어번호 : CIP2012005938)